Von Hans Kruppa
Nur für Dich · Gedichte
Nur wer sich liebt · Gedichte

Hans Kruppa

Wo die Liebe wohnt

Ein Märchen

Mit vier Aquarellen
von Annette Grüschow

Schneekluth

CIP-Kurztitelaufnahme der Deutschen Bibliothek

Kruppa, Hans
Wo die Liebe wohnt: ein Märchen/Hans Kruppa
München: Schneekluth, 1984
ISBN 3-7951-0895-0

ISBN 3-7951-0895-0

© 1984 by Franz Schneekluth Verlag, München
Satz: SatzStudio Pfeifer, Germering
Druck: Pera-Druck, Gräfelfing
Printed in Germany 1984

Für meine Freunde in Amorien – und für alle, die den Weg dorthin suchen, wo die Liebe wohnt.

Amorien

Der Ort, von dem ich erzählen möchte, liegt in weiter Ferne und doch so nah. Er heißt Amorien, und die Menschen, die dort leben, nennen sich Amorier.

Amorien heißt in unserer Sprache soviel wie Heimat, aber es heißt auch Liebe. Das liegt an der einfachen amorischen Sprache; sie hat für vieles, das bei uns verschiedene Namen hat, nur ein einziges Wort. Amorien heißt deshalb zugleich Heimat und Liebe, weil die Amorier sich in der Liebe daheim fühlen.

Es ist also gar nicht so leicht, das Wort Amorien in unsere Sprache zu übersetzen. Für mich nenne ich es gern Heimat der Liebe, weil dort die Liebe wohnt. Aber jeder mag es sich so übersetzen, wie es ihm am besten gefällt.

Wenn die Amorier den Namen ihres Heimatortes aussprechen, klingt das immer sehr zärtlich, so als sprächen sie den Namen eines Menschen aus, den sie sehr ins Herz geschlossen haben.

Amorien ist ein wunderschön gelegener Ort in einem Tal, überall von sanften Hügeln umgeben, die ihn vor starken Winden schützen. Durch die Mitte des Tals strömt Bolan, der Fluß, an dessen Ufer die Amorier gern sitzen, um dem Glitzerspiel der Sonnenstrahlen auf der Wasseroberfläche zuzuschauen. Über den Bolan führt eine alte Holzbrücke mit kunstvoll verziertem Geländer, und diese Brücke ist der Mittelpunkt von Amorien. Das hat einmal jemand herausgefunden, der es ganz genau wissen wollte.

Jeden Monat kommen die Amorier zum Vollmondfest zusammen, das seit Amoriergedenken am Flußufer gefeiert wird. Die Menschen dort wissen, daß die Vollmondnacht eine ganz besondere Nacht ist und deshalb auf keinen Fall verschlafen werden darf.

Wenn es dunkel wird, treffen die ersten Festleute am Bolanufer ein, hängen Laternen und bunte Lampions an den Ästen der Bäume auf, entzünden kleine Lagerfeuer oder setzen sich ans Flußufer und lauschen den Geschichten, die Bolan ihnen erzählt.

Der Fluß Bolan gilt übrigens als der beste Geschichtenerzähler weit und breit. Und das ist das Erstaunliche: Er erzählt jedem eine andere Geschichte, selbst denen, die ihm zur gleichen Zeit zuhören. Vielleicht, weil jeder auf verschiedene Weise lauscht – seinem Strömen, dem beständigen Plätschern seiner Wellen, dem Rauschen der Wasserbewegungen …

Manche sagen sogar, Bolan mache Musik, sie hörten Musik, wenn sie ihm lauschten.

Wenn der runde Mond am Himmel steht, scheint Bolan besonders faszinierend zu erzählen oder zu musizieren, denn viele Amorier verbringen das Vollmondfest damit, still an seinem Ufer zu sitzen und ihm zu lauschen. Andere hocken um ein Feuer herum und starren schweigend in die emporzüngelnden Flammen. Von anderswo hört man Musik, sieht Leute tanzen, fröhlich sein, miteinander lachen.

Alle Amorier lieben das Vollmondfest, und jeder feiert es so, wie es ihm am besten gefällt. Und doch fühlen sich alle miteinander verbunden, mehr noch als sonst.

In Amorien gibt es keinen Winter. Die Temperaturen sinken dort nie so sehr, daß Regen zu Schnee wird. Im Januar und im Februar regnet es ziemlich viel, aber nicht soviel, daß man von einer Regenzeit sprechen könnte. Im März wird es allmählich freundlicher. Es regnet weniger, und die Sonne strahlt schon recht warm. Von April bis Oktober ist das Wetter in Amorien so schön wie bei uns im Sommer, vorausgesetzt, wir haben einen schönen Sommer. November und Dezember sind etwa wie Januar und Februar, feucht und etwas kühl. In dieser Zeit werden viele Pullover gestrickt. Aber richtig kalt wird es in Amorien nie, was man schon daran sieht, daß in keinem Haus ein Ofen steht oder eine Heizung. Viele Häuser haben zwar Kamine, aber nur, weil ihre Bewohner gern stundenlang ins Feuer schauen.

Ich muß noch dazu sagen, daß es in Amorien keine Monatsnamen gibt. Die Amorier teilen das Jahr nicht in Monate ein, sie teilen auch das Leben nicht in Jahre ein. Die Menschen dort sind entweder sehr jung, jung, erwachsen, alt oder sehr alt – aber niemand könnte genauer sagen, wie alt sie sind.

In Amorien ist die Zeit etwas, das sich nicht unterteilen läßt, etwas Ganzes, etwas Fließendes und Immerneues. Darum findet man dort auch keine Uhren und keine Kalender.

Die Amorier sehen wohl, daß die Sonne wandert und der Mond sich verändert, aber niemand käme auf die Idee, danach die Zeit einzuteilen und Tage und Monate zu erfinden. Genauso unsinnig wäre es, den Fluß Bolan einzuteilen. Der fließt ja immer weiter, wie die Zeit, und bleibt sich immer gleich und ist doch nie derselbe, weil er immer neues Wasser führt.

Vieles, was für uns selbstverständlich und aus unserem Zusammenleben gar nicht wegzudenken ist, existiert in Amorien nicht. Zum Beispiel gibt es dort kein Einwohnermeldeamt. Deshalb weiß auch niemand, wieviel Leute dort wohnen.

Sicher, es gibt viele Häuser im Tal, und darin leben allerlei Amorier. Man kann mit ihnen reden oder schweigen, man kann von ihnen allerhand erzählen – aber sie zählen? Zumal es in Amorien keine Zahlen gibt. Soweit ich weiß, hat man dort nur die Wörter wenig, viel und sehr viel. Für die Amorier gibt es zum Beispiel wenig Sorgen, viel Freude und sehr viel Liebe.

Wenn man die Amorier fragt, wie viele Leute bei ihnen im Tal wohnen, sagt der eine vielleicht: „Sehr viele". Der nächste sagt womöglich: „Wenige". Genaueres läßt sich über die Einwohnerzahl dieses Ortes kaum sagen.

Die Menschen in Amorien leben in Häusern, wie anderswo auch. Aber ihre Häuser sehen ganz anders aus als anderswo, und keins ähnelt dem anderen. Das ist so, weil jeder sich sein Haus nach seinen eigenen Vorstellungen baut und weil jeder seinen eigenen Geschmack hat, ist jedes Haus etwas Besonderes, wie eben auch jeder Mensch in Amorien.

Man sieht runde, rechteckige, dreieckige, ovale und viele andere Arten von Häusern, kleine und größere, schmale und breite, einfarbige und ganz bunt angemalte.

Meistens ist es so, daß in den Häusern, die einem besonders gut gefallen, auch Menschen wohnen, mit denen man gern Freundschaft schließt.

Es ist noch niemals vorgekommen, daß jemand

sein Haus allein gebaut hat. Immer wenn irgendwo ein neues Heim entstehen soll, tauchen von überall her freiwillige Helfer auf, und es sind immer mehr, als zum Hausbau gebraucht werden.

Es macht eben viel Spaß, ein Haus zu bauen, weil jedes neue Haus eine Geschichte ist, die es seinen Erbauern beim Bauen erzählt. Und die Amorier hören für ihr Leben gern Geschichten.

Es gibt übrigens in Amorien auch ein leerstehendes Haus, in dem noch nie jemand gewohnt hat. Es steht ganz einfach da. In den Räumen sind keine Möbel, vor den Fenstern hängen keine Gardinen oder Vorhänge. Die Amorier nennen es das Haus der Leere, denn sein Sinn ist es, Leere zu beherbergen. Sie sind sich sicher, daß in dem Haus der Leere etwas wohnt, etwas, das vertrieben würde, wenn dort jemand einzöge.

In Amorien liebt man die Leere. Es gibt dort eine Redensart, die lautet: „Nur in ein leeres Gefäß kann Nektar fließen." Das Haus der Leere steht schon länger als die anderen Häuser – wie lange, weiß niemand, denn in Amorien gibt es keine Geschichtsschreibung. Das, was wirklich wichtig ist, wird durch mündliche Überlieferung bewahrt, sofern es nicht vergessen wird. Denn dort im Tal vergißt man schnell, zumal auf amorisch die Worte gestern und damals das gleiche bedeuten.

Leta

In Amorien gibt es eine Bäckersfrau, die heißt Leta. Sie ist dort sehr beliebt, denn sie verschenkt
Brot und Gebäck an jeden, der ihr offen in die Augen schaut. Und da sich in Amorien alle Menschen
offen in die Augen schauen, muß Leta sehr viel
backen, nachts, wenn alles schläft. Leta übrigens
auch, denn sie bäckt im Traum, und morgens
braucht sie nur das Brot und Gebäck aus dem Ofen
zu holen und in die Regale zu legen. Und immer
ist genug für alle da. Es heißt, aus Letas Laden sei
noch niemand mit leeren Händen herausgekom-
men.
Leta selbst sieht immer glücklich aus. Vielleicht
ist das der wahre Grund dafür, daß alle so gern in
ihren Laden gehen. Brot kann sich schließlich jeder backen. Aber bei Leta hat man das Gefühl, daß
sie ihr Glück ins Brot hineinbäckt. Bei Letas Brot
hat man nie das Gefühl, normales Brot zu essen.

Erimur

Erimur sitzt wieder auf der kleinen Holzbank am Kinderspielplatz und schaut den Kindern beim Spielen zu. Er sitzt dort jeden Tag, außer, wenn es in Strömen regnet. Dann sind ja auch keine Kinder da.

Da auf Amorien meistens die Sonne scheint, verbringt Erimur den größten Teil seiner Tage auf der Bank. Für die Kinder gehört er längst zum festen Inventar des Spielplatzes, genau wie der Kletterturm oder die große Drachenschaukel.

Auf dem Weg zum Kinderspielplatz liegt Letas Bäckerei. So braucht Erimur beim Beobachten der spielenden Kinder keinen Hunger zu leiden.

Die Kinder haben sich an Erimur gewöhnt, und manche haben ihn schon richtig liebgewonnen. Manchmal ruft das eine oder andere ihm zu, daß er mal hinschauen soll, und turnt ihm ein paar neue Kunststücke an dem Kletterturm vor. Dann pflegt Erimur seinen rechten Arm zu einer Geste der Anerkennung zu heben, und sein Kopf wiegt sich in einem langsamen, bedächtigen Nicken, in das er die ganze Würde seines Alters hineinlegt.

Früher, als Erimur noch nicht zu weise dafür war, versuchte er die Leute in Amorien vor der Gefahr des Erwachsenseins zu schützen.

„Amorien ist ein Ort für Kinder, und wer erwachsen werden will, soll wissen, daß er damit aus Amorien herauswächst und erst wieder zurückfinden kann, wenn er wieder ein Kind geworden ist", hatte man Erimur oft sagen hören.

Man ließ ihn immer gern seine Sprüche aufsagen und hörte auch beim zehnten Mal freundlich zu, denn Erimur schien an seiner Tätigkeit als Prediger viel Spaß zu haben, von dem sich niemand ausschließen wollte.

Dabei waren seine Warnungen vollkommen unnötig. Niemand in Amorien hatte ein Interesse am Erwachsenwerden.

Und so hörte Erimur eines Tages plötzlich mit seinen Ratschlägen auf. „Nanu", sagten die Leute, „was ist denn passiert, daß du uns nicht mehr vor den Gefahren des Erwachsenseins warnst? Hat es dir etwa die Sprache verschlagen?"

„Nein, nein", sagte Erimur feierlich, „ich habe nur erkannt, daß wichtigere Arbeit auf mich wartet."

Sprach's und begab sich zum Kinderspielplatz, wo er seit diesem Tage ständig anzutreffen ist, mit seiner großen, qualmenden Pfeife, an der die Kin-

15

der so gern ziehen, obwohl sie genau wissen, daß sie danach husten müssen. Wenn sie dann Erimur seine Pfeife zurückgeben und dabei in seine Augen sehen, ist es ihnen immer, als schauten sie in einen Spiegel.

Ein blühender Kindergarten

Die Kinder von Amorien sind ein Kapitel für sich.
Ich habe noch nirgendwo solche Kinder gesehen.
Es fällt mir schwer, von ihnen zu erzählen, denn
sie machen mich sprachlos mit ihrem Zauber, ihrer sprudelnden Lebensfreude und ihrer unendli-
chen Unschuld.
Ich bin immer gleichzeitig in mehrere von ihnen
verliebt. Sie haben eine Art, einem mit ihren un-
faßbar lebendigen Augen direkt ins Herz zu sehen
— man kann gar nicht anders, als sich rettungslos
in sie zu vernarren.
Die Amorier sagen, aus den Blicken der Kinder
strömt das Quellwasser des Lebens. Sie wissen,
daß die Liebe zu Kindern eine der schönsten Arten
ist, sich vor den Gefahren des Erwachsenwerdens
zu schützen, vor denen Erimur gewarnt hat.
„Es gibt nichts Besseres, als Kindern beim Spielen
zuzuschauen", hat er mir kürzlich zwischen zwei
Pfeifenzügen anvertraut, als ich mich zu ihm auf
die Bank gesetzt hatte. „Sie sind wandelnde Quel-

len. Mein Herz trinkt von ihrer Lebenslust – und ist im Nu berauscht. Ich bin längst süchtig nach ihrer Nähe. Deshalb sitze ich Tag für Tag hier auf dieser Bank. Das heißt, mein Körper sitzt hier. Mein Herz schwebt irgendwo über den Wolken.«

Alle Leute in Amorien sind Kindernarren – auch wenn Erimur sicherlich der größte ist. So ist es kein Wunder, daß es dort keine Schule gibt – außer der freien Schule des Miteinanderlebens. Und in der besteht kein Unterschied zwischen jungen und älteren Leuten, denn in allen fließt das gleiche Leben, und alle haben sich letztlich gleich viel zu geben.

In Amorien käme niemand auf die abwegige Idee, Kinder zu erziehen. Soweit ich weiß, ist dort das Wort Erziehung unbekannt. Die Amorier sehen die Kinder wie ein Gärtner seine jungen, zarten Pflanzen. Sie schenken ihnen die Liebe und Aufmerksamkeit, die sie brauchen, um sich zu entfalten und ihrem Wesen gemäß aufzuwachsen. Sie helfen ihnen nur, sie selber zu werden.

Das ist allerdings auch für die Amorier nicht immer ein Kinderspiel, denn Kinder ähneln Pflanzen auch darin, daß dem einen schadet, was dem anderen nutzt – wie die pralle Sonne, die eine Pflanze zum Aufblühen braucht, der anderen die zarten Blätter versengt und den Lebenssaft aussaugt, und wie die gleiche Menge Wasser, die einer Pflanze zum Leben genügt, die andere verdursten läßt.

18

Aber die Amorier sind gute Gärtner. Sie pflanzen ihren Nachwuchs intuitiv an die richtigen Stellen im Kindergarten ihres Herzens und behandeln ihn mit dem Fingerspitzengefühl ihrer Zuneigung.
So wächst das Leben im blühenden amorischen Kindergarten Tag für Tag ein Stückchen höher.

Die Liebewiese

Im Park von Amorien stehen die schönsten Bäume weit und breit. Sie sind so wunderschön, daß jeder sie immer wieder aufs neue ins Herz schließt, der im Park spazierengeht.

Es gibt dort auch einen runden See mit allerhand Getier darin und darauf. Dann ist da noch der Kinderspielplatz, der bald wohl Erimurplatz heißen wird, und – nicht weit davon entfernt – die große Liegewiese, die aber jeder hier Liebewiese nennt, weil sie ein Lieblingsplatz aller Liebenden ist.

Bei schönem Wetter – und in Amorien ist meistens schönes Wetter – sitzen oder liegen sie beieinander und genießen ihr Zusammensein. Manchmal kommt es vor, daß zwei oder auch drei, vier, fünf Liebende zugleich wie Ballons in die Lüfte steigen, um eine Weile oben zu bleiben.

Da sie höher aufsteigen als die Wipfel der Bäume im Park, kann man sie in ganz Amorien sehen.

Liebe kann die Schwerkraft aufheben, wenn sie

rein und stark genug ist, wissen bereits die Kinder in Amorien.

Es ist schon des öfteren vorgekommen, daß manche Paare eine so große Liebe füreinander empfanden, daß sie höher und höher stiegen, bis man sie schließlich nur noch mit einem Fernglas erkennen konnte, sofern sie nicht in einem Wolkenberg verschwunden waren. Aber das versetzt niemanden hier in Sorge, denn selbst Liebende kriegen irgendwann Hunger. Und Brote können in Amorien leider nicht fliegen, trotz aller Liebe, mit der Leta sie bäckt. Deshalb kriegen die Liebenden in ihren Höhenlüften früher oder später knurrende Mägen und durstige Kehlen, und die ziehen sie langsam, aber sicher wieder auf die Liebewiese zurück.

Und immer, wenn ein Paar landet, das besonders lange oben war, steigen gleich mehrere gleichzeitig auf, denn sie spüren die Seligkeit der Zurückkommenden in ihren Herzen und verlieren im Nu den Boden unter den Füßen.

Das Rathaus

Das amorische Rathaus ist das einzige Gebäude, in
dessen Bau die Vorstellungen aller Amorier zu
gleichen Teilen eingeflossen sind, was man ihm
auf den ersten Blick ansieht. Es ist ein unglaublicher Mischmasch aus verschiedenen Stilen
und Formen; das eine Fenster ist dreieckig, das
andere quadratisch, die eine Wand ist lindgrün,
die andere rot-weiß gestreift, die Dachziegel
leuchten in allen Farben des Regenbogens. Aber
es steht.

Das Rathaus ist für alle da, die Rat suchen. Die
Ratgeber wechseln sich täglich ab. Wenn es einem
Ratgeber großen Spaß macht, Ratschläge zu ertei-
len, kann er auch noch am nächsten und über-
nächsten Tag im Rathaus bleiben. Wenn niemand
mehr zu ihm kommt, heißt das, daß der nächste
dran ist.

Das Seltsame an der ganzen Sache ist, daß kaum
jemand in Amorien einen Ratschlag braucht, aber
trotzdem kommen immer wieder viele Leute. Und

die Probleme, die sie schildern, klingen oftmals recht verwunderlich.

Gestern zum Beispiel war Leta Ratgeberin. Jekusch fragte sie: „In meiner Küche habe ich eine Schale mit großen Apfelsinen stehen. Immer, wenn ich mich umdrehe, lachen sie über mich. So kann ich sie nicht essen. Was soll ich tun?"

„Mitlachen", hat Leta gesagt.

Im Grunde dürfte ich so etwas gar nicht verraten, denn alle Ratschläge, die gegeben werden, sind eigentlich geheim. Aber Jekusch hat es mir erzählt, ohne daß ich ihn danach gefragt habe.

Jekusch hat immer viel zu erzählen. Er hat die größte Nase von ganz Amorien, und die steckt er gern überall hinein, was vielen Leuten nicht sonderlich gefällt. Manche reden schon nicht mehr mit ihm und weichen ihm aus, wenn sie ihn kommen sehen. Jekusch ist darüber sehr traurig, denn er ist unbändig gesellig und von Natur aus neugierig. „Gibt es was Neues?" ist seine ständige Redensart.

Heute sieht Jekusch richtig niedergeschlagen aus, was bei ihm ein seltener Anblick ist. Man sieht ihn mit gesenktem Kopf zum Rathaus gehen und darin verschwinden.

„Kannst du mir einen Rat geben?" fragt Jekusch die Katma, ein junges Mädchen mit struppigen, schwarzen Haaren. Katma ist heute zum ersten Mal in ihrem Leben Ratgeberin.

„Ich will tun, was ich kann", sagt sie. „Worum geht es denn?"

„Ach, weißt du, es ist meine Nase. Sie ist so verdammt groß, und sie zieht mich immer wieder von meinen guten Vorsätzen weg. Immer will sie, daß ich sie in anderer Leute Angelegenheiten reinstekke."

„Und du", fragt Katma, „willst du es denn auch?"

„Nein, nein, ich will es wirklich nicht. Es verärgert nur die Leute und stiehlt mir alle Sympathien, wo ich doch so gern unter Menschen bin."

„Dann kann dir geholfen werden", sagt Katma.

„Ja?" Jekuschs Augen werden groß vor Freude. „Weißt du, ich tue alles, was mir möglich ist, wenn es nur hilft."

„Du brauchst nicht viel zu tun", erklärt Katma. „Schreib' mir nur die Stellen auf, wo du am liebsten deine Nase reinsteckst." Und sie reicht Jekusch einen Zettel und einen Stift.

Der schreibt in einem Zug das ganze Blatt voll und noch die Hälfte der Rückseite dazu.

„Das ist ja allerhand", staunt Katma. „Und nun mein Rat. Geh gleich nach Hause und setz dich in deinen Ohrensessel. Da mußt du auf jeden Fall sitzen bleiben, bis die Sonne untergeht. Und dann machst du einen kleinen Abendspaziergang durch Amorien."

„Und das soll helfen?" fragt Jekusch und macht

kein allzu überzeugtes Gesicht. „Und wenn meine Nase wieder überall reingesteckt werden will?"

Katma lächelt. „Wenn du tust, was ich dir gesagt habe, wird es helfen."

Jekusch zieht skeptisch die linke Augenbraue hoch.

„Na gut", sagt er schließlich und verläßt kopfschüttelnd das Rathaus, geht aber gehorsam schnurstracks nach Hause und setzt sich in seinen Ohrensessel.

Im letzten Licht der untergehenden Sonne sieht man Katma mit einem vollgeschriebenen Zettel in der linken und einer großen Pfefferdose in der rechten Hand von einem Haus zum anderen gehen.

Auf die Frage, was sie da wohl mache, gibt Katma zur Antwort: „Ich schicke dem Jekusch Pfeffer, bevor ihn die Leute dahin schicken, wo der Pfeffer wächst."

Nala

Einer der erstaunlichsten Einwohner von Amorien ist sicherlich Nala. Und wenn es so etwas wie Fremdenverkehr gäbe, wäre er eine der Hauptattraktionen, allein schon deshalb, weil er sich überall und jederzeit in die Lüfte schwingen kann, was sonst nur Liebenden gelingt, die sich innerlich miteinander verbinden.

Solange ich zurückdenken kann, wohnt Nala allein in seinem kleinen Haus am Ufer des Flusses Bolan, der zugleich Trinkwasserversorgung und Schwimmbad von Amorien ist – und manches andere mehr.

Früher sah man Nala oft schwebend über dem Wasserspiegel ein Sonnenbad nehmen, wobei sich gern Schmetterlinge auf seinen Kopf setzten, die ihn für eine Insel hielten.

Nala ist ein schweigsamer Mann mit einem langen, weißen Bart und wachen dunkelbraunen Augen. Niemand könnte sagen, wie alt er ist. Er ist klein von Gestalt und trägt meistens ein weites

Gewand, das ihm bis zu den Knöcheln reicht und genauso weiß wie sein Bart ist.

Nala ist ein Stubenhocker. Er verläßt selten sein Haus. Wenn man Glück hat, kann man ihm am Flußufer begegnen, wo er manchmal mit geschlossenen Augen sitzt und Bolan zuhört. Schweben sah ihn lange niemand mehr. Vielleicht hat er keine Freude mehr daran; vielleicht hat er es auch satt, daß ständig Leute zu ihm kommen und ihn bitten, ihnen das Einzelschweben beizubringen. Denn Nala liebt die Gesellschaft nicht besonders. Er ist auch kein Freund von Worten. Nur selten hat man ihn reden hören, und wenn er etwas sagt, klingt es meistens so fremdartig und seltsam, daß niemand sich so recht einen Reim darauf machen kann.

Jekusch hat einmal erzählt: Als er neulich spätabends aus Neugier und Langeweile heimlich an Nalas Fenster stand, habe er Nala sitzen sehen auf seinem flachen Matratzenlager, und plötzlich sei von seinem Körper ganz helles Licht ausgegangen, das den ganzen Raum erleuchtete, durchs Fenster strömte und Jekuschs Augen so sehr blendete, daß er sie schließen und unter seinen Händen verbergen mußte. Als er sie wieder öffnen konnte und ins Zimmer lugte, sei es leer gewesen. Die Kerzen brannten noch, das Feuer knisterte nach wie vor im Kamin, alles war unverändert – nur Nala war verschwunden, wie vom Erdboden verschluckt.

29

In Amorien erzählt man sich noch manch andere wundersame Geschichte über Nala, zum Beispiel wie er einmal beim Vollmondfest mit geschlossenen Augen über ein großes Lagerfeuer schwebte, ohne daß die Flammen ihm etwas anhaben konnten. Nicht mal sein Gewand vermochten sie zu entzünden, obwohl es aus ganz normalem Stoff gewoben war.

Manche halten Nala für einen großen Weisen. Andere sehen in ihm einen Heiligen. Einig sind sich alle darin, daß er ein außergewöhnlicher Mann mit übernatürlichen Fähigkeiten ist.

Obwohl ich schon so oft in Amorien war, daß ich es nicht mehr zählen kann, bin ich Nala erst vor kurzer Zeit persönlich begegnet. Ich hatte alle möglichen unwahrscheinlichen Geschichten über ihn im Kopf, und als ich ihn am Flußufer sitzen sah, ging ich zu ihm hin, um ihn nach dem Weg zu der Quelle zu fragen, aus der er seine wunderbaren Kräfte schöpfte.

Als ich dann aber nur noch wenige Schritte von ihm entfernt war, zögerte ich weiterzugehen – aus Angst, ihn in seiner Ruhe zu stören. Er aber hatte mein Kommen bemerkt, wandte mir seinen Blick zu und forderte mich freundlich auf, mich zu ihm zu setzen.

„Ich sehe dich immer öfter in Amorien", sagte er und schaute mich wohlwollend an, „du bist ja fast schon einer von uns."

Ich freute mich sehr über seine Worte. So sehr, daß ich vergaß, weshalb ich mich Nala überhaupt genähert hatte.

Und plötzlich tauchten drei andere Fragen in mir auf, die ich mir selbst längst beantwortet zu haben glaubte. Aber wahrscheinlich war ich mit meinen eigenen Antworten nicht recht zufrieden, sonst hätte es mich jetzt nicht so sehr gedrängt, Nala zu fragen.

„Was ist Liebe?"

Nala sagte: „Wenn man die Flammen zweier Kerzen ganz nah zusammenbringt, werden sie eins. Stellt man sie auseinander, werden sie wieder zwei. Doch ihr Feuer ist nicht mehr dasselbe."

Meine zweite Frage lautete: „Was ist Wahrheit?"

Nalas Antwort war: „Ein Kind fällt hin und tut sich weh. Eine Frau lächelt sich im Spiegel an. Ein Mann schaut lange in den Mond und weiß nicht warum."

Ich hatte das Gefühl, Nalas seltsame Antworten zu verstehen und gleichzeitig nicht zu verstehen. Und dennoch konnte ich nicht um weitere Erklärungen bitten, ohne daß ich hätte sagen können, warum. Da ging es mir anscheinend so ähnlich wie dem Mann, der in den Mond schaut. Außerdem brannte die dritte Frage mir so sehr auf der Zunge, daß ich sie ohne weiteres Zögern stellten mußte:

„Was ist Schönheit?"

Nala lächelte.

Im Gegensatz zu den beiden ersten ließ seine dritte Antwort auf sich warten.

Ich schaute in sein altes und zugleich altersloses Gesicht, das mir immer schöner zu werden schien, je länger ich es betrachtete, und schließlich fühlte ich mich so sehr verzaubert von seinem anhaltenden Lächeln, daß ich nicht nur meine Frage, sondern auch alles andere vergaß.

Nalas freundlicher Blick drang tiefer und tiefer in mein Herz und erfüllte es mit einem Gefühl von so großer Dankbarkeit, daß ich plötzlich nicht anders konnte, als mich tief vor ihm zu verbeugen und den Boden vor seinen Füßen mit meiner Stirn zu berühren.

„Das ist Schönheit", sagte Nala.

Schwestl

Schwestl ist die kleinste Frau von Amorien. Sie reicht mir gerade bis zum Ellenbogen, wenn wir nebeneinander gehen. Man könnte sie eine Zwergfrau nennen, denn sie wird auch nicht mehr größer.

Sie hat recht kurze, blonde Haare, und wenn man nur ihr Gesicht anschaute, könnte man kaum sagen, ob sie eine Frau oder ein Mann ist. An ihrer Stimme erkennt man aber sofort ihr weibliches Wesen – und natürlich an ihrem Körper, der nicht nur sehr schön ist, sondern auch noch leuchten kann.

Als ich vor kurzem mit ihr bolanabwärts spazierenging, setzte gerade die Abenddämmerung ein. Je dunkler es wurde, desto deutlicher sah ich das Licht, das Schwestl mit ihrem ganzen Körper ausstrahlte. Es flimmerte hell und weiß um ihre ganze anmutige Gestalt, und ich schaute sie ständig fasziniert von der Seite an, weswegen ich beinahe über einen großen Kieselstein gestolpert wäre.

Aber Schwestl leuchtet nicht nur, wenn es dunkel ist. Ihr Körper strahlt auch tagsüber, nur sieht man es dann nicht, genauso wie man die Sterne am Himmel im Tageslicht nicht erkennen kann, obwohl sie hell funkeln wie nachts auch.

Ich vermute schon seit langem, daß Schwestl einmal ein kleiner Stern war, der vom Himmel gefallen ist und sich in Schwestl verwandelt hat, als er die Erde von Amorien berührte. Bei unserem Spaziergang habe ich ihr meine Vermutung verraten und sie gefragt, ob ich wohl recht damit hätte.

Sie hat mich nur mit ihren strahlenden Augen angeschaut und gelächelt.

Für einen Moment war es mir, als sei dabei ihr wundersamer Lichtschimmer noch einen Ton heller geworden.

Karofaro

Karofaro hat wieder seinen violetten Umhang mit den silbernen Sternen an. Er hat viele solcher Umhänge in allen Farben, und immer sind sie mit silbernen oder goldenen Sternen verziert. Sein violetter gefällt mir persönlich am meisten; der paßt auch wunderbar zu seinem langen, weißen Bart.

Eben ist Karofaro an mir vorbeigegangen und hat zum Gruß ein paar besonders schöne Seifenblasen in meine Richtung gepustet. Das ist nämlich eins seiner Lieblingskunststücke.

Niemand weiß, wie er es macht. Er schließt Daumen und Zeigefinger seiner rechten Hand zu einem Kreis zusammen, blinzelt mit dem linken Auge, holt tief Luft und bläst hindurch – und Dutzende von wunderschönen Seifenblasen sprudeln aus seiner Hand hervor und lassen sich vom Wind davontragen.

Eine von Karofaros Seifenblasen setzte sich mir direkt auf die Nase, tanzte eine Weile vergnügt darauf herum und platzte schließlich mit einem kurzen Lachen. Das ist nämlich das Besondere an Karofaros Seifenblasen: Sie lachen, wenn sie platzen. Manche von ihnen verabschieden sich auch mit einem Kichern. Und sie machen das so umwerfend gut, daß man einfach mitlachen oder mitkichern muß.

Aber als Zauberer von Amorien kann Karofaro natürlich noch viel mehr, als Seifenblasen aus dem Nichts hervorzupusten, die kichernd und lachend wieder ins Nichts zurückplatzen.

Er kann zum Beispiel Regenbogen entstehen lassen, ohne daß es regnet. Er kann Glühwürmchen in allen erdenklichen Farben aus seinem hohen, spitzen Hut zaubern und leuchten lassen, sogar am hellichten Tag. Mit seinen bloßen Fingerspitzen kann er die buntesten Bilder in die Luft malen, die noch lange danach zu sehen sind; nur wenn es regnet, zerlaufen ihre Farben nach und nach. Und er kann vieles mehr.

In Amorien gilt Karofaro als großer Magier, weswegen ihn besonders die Kinder dort sehr lieben. Und er zeigt ihnen seine Kunststücke besonders gern, denn sie staunen immer wieder aufs neue, wenn er zum hundertsten Mal seine märchenhaften Seifenblasen durch Daumen und Zeigefinger pustet, als sei es das allererste Mal. Sie lachen begeistert und jubeln und haben ganz große, strahlende Augen. Sie umringen Karofaro, tanzen um ihn herum und feiern seine Zauberkunst.

Ich habe ihn einmal gefragt, ob es ihm mit der Zeit nicht langweilig wird, immer wieder Seifenblasen in die Luft zu pusten. Er war ziemlich erstaunt über meine Frage.

„Aber nein", sagte er und schüttelte den Kopf. „Warum stellst du eine so dumme Frage? Du hast wohl schlecht geschlafen heute nacht."

Er musterte mich. „Ja, wirklich", fuhr er fort, „deine Augen sehen ziemlich müde aus."

„Warum ist meine Frage dumm?"

Karofaro lachte.

„Weil sie dumm ist. Ebensogut könntest du Bolan fragen, ob es ihm mit der Zeit nicht langweilig wird zu fließen. Oder du könntest die Luft fragen, ob es ihr auf die Dauer nicht langweilig wird, von uns ein- und ausgeatmet zu werden. Warum fragst du die Sterne nicht, ob es ihnen nicht langweilig wird, am Himmel zu stehen?"

„Und Schwestl?" wandte ich ein. „Schwestl war doch früher auch mal ein Stern. Vielleicht hat es ihm am Himmel nicht mehr so recht gefallen, und deshalb hat er sich herunterfallen lassen und sich in Schwestl verwandelt."

„Hmmm", brummte Karofaro nachdenklich in seinen Bart. „Ich habe auch das Gefühl, daß Schwestl einmal ein Stern war. Vielleicht hast du recht."

„Also", sagte ich, „dann war meine Frage doch nicht so dumm."

Karofaro schmunzelte.

„Nicht ganz so dumm, wie ich zuerst gedacht hatte. Und weil ich dir ein bißchen Unrecht getan habe, will ich dir ein Kunststück zeigen, das mir nur gelingt, wenn ich eine Kleinigkeit wiedergutzumachen habe."

Karofaro trat drei kleine Schritte zurück, drückte die Spitzen der Daumen und Zeigefinger seiner beiden Hände aufeinander – und legte seine Hände zusammen vor den Mund. Dann murmelte er etwas, das ich nicht verstehen konnte, schloß die Augen, holte tief Luft – und blies durch die beiden aufeinanderliegenden Kreise aus Daumen und Zeigefingern eine nicht enden wollende Fülle der wunderschönsten Seifenblasen auf mich zu.

Und nun geschah etwas Sonderbares. Die zunächst wild um mich herumtanzenden Schillerkugeln fanden zu einer gewissen Ordnung und bildeten nach und nach einen Kreis um mich herum, wie die Kinder gern einen Kreis um Karofaro schließen. Sie kamen mir langsam immer näher, bis sie mich in einem Abstand von einem Schritt von allen Seiten umhüllten.

Dann klatschte Karofaro in die Hände.

Im gleichen Augenblick platzten alle Seifenblasen auf einmal mit einem unbeschreiblichen Gelächter und Gekicher, das von allen Seiten, von unten und von oben kam.

Ich habe wohl in meinem ganzen Leben noch nie

so etwas Komisches erlebt, und als ich meine Überraschung überwunden hatte, riß mich das Gelächter der verschwindenden Seifenblasen wie eine mächtige Woge mit. Ich konnte mich nicht mehr halten und fiel vor lauter Lachen zu Boden, ich kicherte, wieherte, juchzte, bis mir die Tränen kamen und mir der arme Bauch weh tat.

Als ich mich schließlich wieder aufgesetzt und die Tränen aus den Augen gerieben hatte, fiel mein Blick auf eine kleine Seifenblase, die direkt vor mir auf dem Boden auf und ab hüpfte.

Karofaro machte eine entschuldigende Geste.

„Das ist wieder so eine Außenseiterin", brummte er ein wenig ungnädig. „Manche Blasen wollen mir nicht gehorchen, weißt du. Sie haben ihren eigenen Kopf. Man weiß nie so genau, worauf sie hinauswollen."

Ich drehte mich nach allen Seiten um. Das kleine Ding vor mir hüpfte immer noch lustig auf und ab und schien gar nicht ans Platzen zu denken.

„Es ist die letzte", erklärte ich Karofaro.

Da sagte die Seifenblase plötzlich – und es war das erste Mal, daß ich eine Seifenblase sprechen hörte – mit einer blubbernden und trotzdem hauchzarten Stimme: „Wer zuletzt lacht, lacht am besten."

Dann lachte sie. So gut hatte ich noch nie eine von Karofaros Seifenblasen lachen hören. Sie lachte am besten von allen, und dann explodierte sie mit einem sanften, frohen ‚Plop'.

41

Latessa

Latessa ist mir von allen Menschen in Amorien einer der allerliebsten. Sie hat ein so schönes Wesen, daß ich mich immer von großen Blumen umringt fühle, wenn ich in ihrer Nähe bin. Alles, was sie tut und sagt, hat einen Duft, der mich stets aufs neue entzückt und verzaubert.

Latessa lebt zur Zeit mit vier anderen Amoriern in einer Wohngemeinschaft – in einem bunten, lustig aussehenden Haus mit einem hübschen Dachgarten. Dort sitzt sie besonders gern, wenn die Sonne hinter den Hügeln langsam untergeht und der sanfte Atem der Abenddämmerung das Tal von Amorien mit Frieden erfüllt.

Latessa sitzt mit weit offenen Augen, und man könnte meinen, sie beobachte etwas Bestimmtes – vielleicht den immer neuen, immer alten Lauf des Flusses Bolan, der nicht weit von ihrem Haus sein Wasser führt.

Aber in Wirklichkeit atmet sie den Frieden der Abenddämmerung ein, mit ruhigen, tiefen Zügen. Und mit jedem Atemzug fühlt sie sich wohler, stiller und zufriedener.

Sie ist so schön, wenn sie so sitzt, daß ich zu ihr hingehen und sie in den Arm nehmen möchte. Aber ich wage es nicht, sie zu stören, und warte unauffällig in ihrer Nähe. Wenn sie schließlich genug Frieden geatmet hat und langsam aufsteht, trete ich überraschend aus dem Dunkel hervor und tue so, als sei ich gerade erst gekommen. Ich sehe ihr Lächeln und umarme sie. Und schon spüre ich, wie Latessas Schönheit und ihr Frieden in mich einströmen, und werde ganz weich in den Knien. Dann halte ich mich ein bißchen an ihr fest, und wir gehen in ihr Zimmer hinunter und legen uns auf ihr großes, rundes Bett. Ich streichle ihr feines, langes Haar oder liege ganz einfach still neben ihr und bin so glücklich, daß es sie gibt und daß ich dann und wann bei ihr sein kann, weil sie mich lieb hat.

Latessa hat Augen wie tanzende Schmetterlinge, die für ihr Leben gern lachen. Ich schaue so gern da hinein.

Sie hat das Gesicht eines Kindes, obwohl sie schon eine junge Frau ist. Ihr Gesicht ist so süß, daß ich mich manchmal vorsehen muß, es nicht einfach anzuknabbern wie einen Schokoladennikolaus.

Es gibt vieles, was ich an ihr sehr mag, aber ganz besonders hat es mir ihre Unschuld angetan. Latessa hat nämlich nicht nur ein Kindergesicht, sondern auch ein Kinderherz. Sie selbst nennt es ihren Schutzengel.

Latessas Kinderherz ist so schön, daß ich immer Sterne sehe, wenn es sich mir öffnet. Ja, so groß ist es, wie ein ganzer Himmel mit vielen tausend Sternen, die in allen erdenklichen Farben strahlen und funkeln und vor lauter Freude über ihre eigene Pracht hin und her und durcheinander tanzen.

Wer diesen bunten, wirbelnden Sternenhimmel in ihrem Herzen einmal gesehen hat, weiß, warum Latessas Augen immer so fröhlich leuchten. Und er weiß noch viel mehr, auch wenn er keine Worte dafür findet.

Neulich, als ich neben ihr lag und tief in ihr Herz schaute, habe ich sie gefragt: „Weißt du, wie schön du bist?"

Sie hat geschwiegen, und mir kamen plötzlich Tränen – ich wußte nicht, ob aus Freude oder aus Traurigkeit. „Du weinst", sagte sie ganz leise.

„Ja, ich weine", sagte ich.

Und ich wußte überhaupt nichts mehr, nur daß ich neben ihr liegenbleiben wollte.

Blume

Nun wird es aber höchste Zeit, von Blume zu erzählen, dem Dichter von Amorien. Viele halten ihn für einen großen Dichter, was ihm gar nicht gefällt. Blume wohnt allein, in einem wunderlich aussehenden Haus, so wunderlich, daß nicht einmal er es beschreiben könnte.

Er selbst empfindet sich nicht als einen großen, sondern als einen kleinen Dichter.

Er pflegt zu sagen: „Bolan, der Fluß, das ist der große Dichter. Ich höre nur, was er sagt, und erzähle es weiter."

Blume ist sehr beliebt, fast so beliebt wie die Bäckerin Leta. Man lädt ihn gern zu Geburtstagsfeiern ein, wo er ein paar Gedichte oder eine Geschichte vorliest, was er so gut macht, daß alle immer mucksmäuschenstill ihm lauschen.

Blume ist übrigens nicht sein richtiger Name. Aber wer ihm einmal beim Lesen seiner Gedichte zugehört hat, versteht, warum ihn alle Blume nennen.

Nira

Ich vermute, daß der Wind einen Moment lang den Atem angehalten und der Bolan einen Augenblick zu fließen vergessen hat, als Nira beim letzten Vollmondfest an sein Ufer gekommen ist.

Sie wird von Tag zu Tag schöner, und wenn selbst der Sommerwind und unser guter, alter Bolan von ihrem Aussehen beeindruckt sind, kann man sich vorstellen, daß die Amorier es erst recht sind, zumal sie alles Schöne lieben.

Dabei wäre es vom lieben Gott – oder wer sonst noch für das Aussehen von Menschen verantwortlich ist – gar nicht nötig gewesen, Nira soviel Liebreiz in die Wiege zu legen, denn sie ist innerlich auch so ein schöner Mensch, daß sie mit einem normalen Äußeren wahrscheinlich genauso glücklich geworden wäre und viele Freunde gefunden hätte.

Jetzt hat sie zu allem Überfluß auch noch viele Bewunderer. Es vergeht kaum ein Tag, an dem sie nicht von mehreren Leuten zum Teetrinken eingeladen wird. In Wahrheit sind aber ihre vielen Verehrer weniger am Teetrinken als an ihren wunderbaren, dunklen Augen, ihrem Glückskindgesicht und der üppig auf ihre Schultern fallenden Haarpracht interessiert.

Ich glaube, Nira ist die meistangeschaute Frau in Amorien.

Manchmal ist sie damit gar nicht so zufrieden, denn die Leute sind oft von ihrer äußeren Schönheit so sehr angetan, daß sie gar nicht auf die Idee kommen, nach ihren inneren Sehenswürdigkeiten Ausschau zu halten. Und dann und wann stört es sie sogar, daß sie, wo sie geht und steht, von bewundernden Blicken berührt wird, als sei sie ein wandelndes Schmuckstück.

Deshalb zieht es sie von Zeit zu Zeit aus dem Ort hinaus – in die Wiesen und Wälder jenseits der Hügel, die Amorien umgeben. Dort weiß sie einen kleinen See, an dem sie stundenlang sitzen und das Alleinsein genießen kann. Da die meisten Amorier nur selten ihr Tal verlassen, ist Nira an solchen Tagen nur in der Gesellschaft von Gräsern, Blumen, Bäumen und Tieren, und die haben sie noch nie zum Tee eingeladen.

Kürzlich allerdings ist sie einem anderen Amorier begegnet, der auch gern dann und wann die Abgeschiedenheit der freien Natur sucht – dem Dichter Blume. Aber nicht, um vor der Bewunderung seiner Mitmenschen zu flüchten, sondern weil ihm beim Alleinsein die schönsten Gedichte und Geschichten einfallen und weil niemand an seine Tür klopft und ihn bittet, ein Märchen oder eine Erzählung vorzulesen.   .

Blume saß schweigend unter einer alten, mächtigen Eiche am gegenüberliegenden Ufer, als Nira ihn entdeckte. Natürlich schrieb er.

Blume hatte schon viele Gedichte über Nira und ihre Schönheit geschrieben, mit denen er einen großen und schönen Platz in ihrem Herzen gewonnen hat, und deshalb freute sie sich, ihn zu sehen, obwohl sie eigentlich den Tag allein verbringen wollte.

Sie stand auf und ging am Seeufer entlang auf Blume zu. Der bemerkte sie erst, als sie nur noch ein paar Schritte von ihm entfernt war, so versunken war er in das, was er aufschrieb.

„Nira!" rief er freudig überrascht. „Was tust du hier?"

„Ich saß drüben am Ufer – einfach so."

Blume lächelte.

„Was hast du geschrieben?" fragte Nira.

„Nur ein kleines Gedicht. Nichts Besonderes."

„Magst du es mir vorlesen?"

„Gut."

Und Blume las mit leiser Stimme:

Vertieft
in das vom Wind
ganz leicht bewegte
Spiegelbild der alten Eiche
auf der Wasseroberfläche
sitze ich am Ufer
des kleinen Sees
und schaue, schaue.
Welche Schönheit!

Nira lächelte und setzte sich neben Blume ins Gras. Sie sagte nichts. Blume zitterte ganz leicht in seinem Herzen vor Freude. Er war froh, daß Nira nichts zu seinem Gedicht gesagt und nur lieb gelächelt hatte.

Meistens lobten die Leute seine Gedichte und sagten, warum sie ihnen so gut gefallen hatten, aber er konnte sich nicht so recht darüber freuen. Es war ihm nämlich immer so, daß in dem Augenblick, wenn jemand über eines seiner Gedichte etwas sagte, er damit eine Tür zumachte, hinter der er das verschloß, worauf es Blume eigentlich ankam.

„Ein gutes Gedicht hat kein Ende, es geht immer weiter, aber wenn du sagst, daß es dir gefällt und warum es dir gefällt, ziehst du einen Schlußstrich darunter und setzt ihm ein Ende. Und das ist so schade", hatte Blume einmal einem Bewunderer seiner Poesie gesagt. Dieser Bewunderer war dann gekränkt aufgestanden und mit Tränen in den Augen aus Blumes Haus gestürzt. Blume mußte hinter ihm herlaufen und ihn trösten.

Mit Nira hörte ein Gedicht nie auf. Alle Gedichte, die er ihr geschrieben und vorgelesen hatte, gingen immer weiter, und es kamen immer neue dazu, wie jetzt das kleine Gedicht über die alte Eiche, die sich im See spiegelt.

Nira sagte nie mit Worten, daß ihr Blumes Gedichte gefielen. Sie sagte es mit ihrem Schweigen, mit ihrem Lächeln, mit der ausströmenden Freude in ihrem Herzen.

Immer, wenn Blume Nira ein Gedicht vortrug, hatte er das Gefühl, daß seine Verse ein Saatkorn waren und sein stilles Zusammensein mit Nira der Boden dafür. Sie betteten seine Poesie gemeinsam in die Erde ihres Verstehens ein, und früher oder später wuchs daraus eine Pflanze oder eine Blume empor. Im Garten der Liebe zwischen Nira und Blume waren auf diese Weise schon die wundervollsten und farbenfrohsten Gewächse und Blüten entstanden, und deshalb duftete es zwischen ihnen immer so gut.

Aus dem Samenkorn des Gedichts über das Spiegelbild der Eiche auf der Wasseroberfläche des Sees würde in Bälde eine neue Pflanze ans Sonnenlicht wachsen. Vielleicht sogar eine Eiche?

Dann könnten Nira und Blume ihrer Liebe irgendwann einmal ein Baumhaus bauen.

Der Zweifler

Neulich bin ich von meiner alten Freundin Beatrice zu ihrer Geburtstagsfeier eingeladen worden.
Es waren viele Leute dort. Manche von ihnen kannte ich, andere waren mir fremd.
Mein Geburtstagsgeschenk für Beatrice war ein Bild von Nira, das ich einmal gezeichnet hatte.
„Ist die schön!" rief Beatrice, und im Nu hatte sich ein Kreis von Gästen um uns herum gebildet.
Mein Bild von Nira ging von Hand zu Hand und wurde mit großem Erstaunen und Entzücken bedacht.
Ein Besucher, den ich nicht kannte, schaute es länger und genauer als die anderen durch seine Nikkelbrille an. Schließlich wandte er sich mir zu und sagte: „Dieses Bild hast du sicherlich frei erfunden, denn einen so schönen Menschen kann es in Wirklichkeit nicht geben. Es stimmt doch, du hast es aus deiner Phantasie gemalt?"
Ich schüttelte den Kopf.
„O nein", erwiderte ich, „das ist Nira."

„Und wer ist diese Nira?" fragte der Mann mit der Nickelbrille und zog ein ungläubiges Gesicht.

„Nira ist wohl die schönste Frau von ganz Amorien. Und das will was heißen", ergänzte ich, „denn in Amorien sind eigentlich alle Menschen schön."

„Amorien?" sagte der Mann, und sein Gesicht wurde noch skeptischer. „Wo liegt denn das? Davon habe ich noch nie gehört."

Ich mußte über seinen verquälten Gesichtsausdruck lachen. „Das wundert mich nicht", sagte ich.

Sein Gesicht wurde immer mißtrauischer und sah jetzt ungefähr so aus, als hätte er auf eine bittere Mandel gebissen.

Er gab das Bild von Nira an Beatrice zurück. Dann schüttelte er den Kopf und murmelte: „Ich glaube nicht, daß diese Person wirklich existiert."

„Das steht dir frei", sagte ich. „Ich habe sie allerdings noch vor kurzem gesehen."

Einige der Gäste, die einen Kreis um uns gebildet hatten, lachten.

Plötzlich spürte ich Niras Nähe. Und im nächsten Augenblick flüsterte sie mir ins Ohr: „Er trägt zwar eine Brille, aber sehen kann er trotzdem nicht."

Ich konnte nicht umhin, laut aufzulachen.

„Warum lachst du?" fragte der Mann.

Vielleicht dachte er, daß ich ihn auslachte?

„Ich lache, weil die Situation so lustig ist. Du glaubst nicht, daß Nira wirklich existiert, und dabei war sie gerade eben hier, in diesem Raum."

„Hier?" rief der Mann und schaute mich an, als würde er an meiner geistigen Gesundheit zweifeln.

„Ja", sagte ich, „sie war hier, direkt neben mir. Aber du hast sie nicht gesehen."

Der Mann grinste triumphierend und sagte: „Entweder bist du ein Verrückter oder ein Märchenerzähler."

Wieder lachten ein paar Leute.

„Nein", rief plötzlich Anja, die kleine Tochter von Beatrice, ganz aufgeregt. „Ich hab' sie auch gesehen. Sie ist auf einmal dagewesen und hat ihm etwas ins Ohr geflüstert. Dann war sie schwuppdiwupp wieder weg. Sie war genauso schön wie auf dem Bild. Nein – noch schöner."

Der Mann mit der Nickelbrille schüttelte unwillig den Kopf und sagte zu Beatrice: „Deine kleine Tochter hat wirklich eine blühende Phantasie."

Ich zwinkerte der Kleinen zu und sagte: „Nein, sie hat ein blühendes Herz."

Ich spürte, wie der Zweifler – so nannte ich ihn insgeheim – unter meinen letzten Worten innerlich zusammenzuckte, und zum ersten Mal schaute er ein wenig ratlos durch seine kleinen, runden Brillengläser. Er fuhr sich verlegen mit der Hand durchs Haar, drehte sich um und ging zu einem

Korbsessel, der in einer Ecke des Zimmers stand. Dort setzte er sich hinein und stand, soweit ich mich erinnere, den ganzen Abend nicht mehr auf. Wenn man ihn ansprach, gab er keine Antwort. Getränke, die man ihm brachte, rührte er nicht an. Einmal nahm Beatrice mich zur Seite.

„Deine Worte haben ihn schwer getroffen", sagte sie. „Weißt du, er ist ein Skeptiker. Er glaubt nur, was er mit seinen eigenen Augen sieht."

„Was soll er schon sehen", versetzte ich, „wenn er Tomaten auf den Augen seines Herzens hat?"

„Ach, komm", sagte sie, „reden wir nicht mehr darüber. Laß uns lieber tanzen, heute ist mein Geburtstag."

Es wurde ein schönes Fest. Wir haben getanzt und gelacht, Musik gehört und gemacht, wir haben auf das Leben getrunken und auf die Liebe.

Nur der Zweifler schien von alledem nichts wissen zu wollen. Er saß still und in sich versunken auf dem Korbsessel und war wie von einer unsichtbaren Mauer umgeben. Spät nach Mitternacht verabschiedete ich mich von Beatrice und ihren Geburtstagsgästen.

Als der Zweifler sah, daß ich mich zum Gehen anschickte, stand er auf und fragte, ob er mich ein Stück begleiten könnte.

Draußen gingen wir eine ganze Weile schweigend nebeneinander durch die Straßen. Mein Begleiter räusperte sich einige Male, als wollte er zum Reden ansetzen, blieb dann aber doch immer still. Schließlich sagte er, und ich merkte, daß es ihn einige Überwindung gekostet hatte, mich zu fragen: „Dieser Ort, von dem du erzählt hast – wie hieß er noch?"

„Amorien."

„Ja, so hieß er. Dort lebt die schöne Frau, die du gezeichnet hast, sagst du?"

„Genau, dort lebt sie."

„Kannst du mir den Weg dorthin beschreiben?" fragte er, und ich spürte, wie gespannt er auf meine Antwort war, obwohl er sich den Anschein gab, daß sie ihm nicht sonderlich wichtig sei.

Ich sagte: „Manchmal kann ich es besser, manchmal schlechter. Es kommt darauf an, wem ich den Weg beschreibe, und unter welchen Umständen. Jetzt bin ich müde nach dem vielen Tanzen und Singen, da fällt es mir bestimmt nicht leicht."

Mein Begleiter räusperte sich ein weiteres Mal.

„Willst du es trotzdem versuchen?" bat er. „Es ist mir wichtig."

Ich schaute ihn verwundert an, und seine Augen kamen mir mit einemmal so verloren, so klein und hilflos vor, daß sie mich rührten.

„Ich will dir sagen, was ich dir sagen kann", erklärte ich, „das muß dir für heute nacht genügen."

„Ich will damit zufrieden sein", versprach er.

Und während wir langsam durch die menschenleeren Straßen spazierten, erfüllte ich seine Bitte.

„Amorien ist kein Ort wie jeder andere. Man kann ihn nicht mit herkömmlichen Transportmitteln erreichen, weder mit der Eisenbahn noch mit dem Auto, nicht einmal mit dem Flugzeug."

„Auch nicht zu Fuß?" fragte der Zweifler.

„Auch nicht zu Fuß. Amorien ist in keinem Atlas zu finden und wird auch nie auf einer Landkarte verzeichnet sein."

„Amorien ist also nirgendwo?" fragte er und sah mich etwas enttäuscht an.

„Es ist nirgendwo, weil es überall ist."

Unsere Schritte klangen plötzlich seltsam laut in der nächtlichen Stille.

„Es könnte zum Beispiel dort unter der nächsten Straßenlaterne sein – oder in der Krone der Ulme dort im Vorgarten. Es kann überall sein, wenn du nur bereit bist, es zu entdecken."

Er blieb stehen und hielt mich am Arm fest.

„Dann kann es auch in dir sein?" fragte er ein wenig heftig.

„In mir ist es", sagte ich leise und blickte ihm ins Gesicht. Einen langen Moment sahen wir uns in die Augen, und meine Augen erzählten von Amorien. Das konnten sie schon immer besser als meine Worte.

Ich weiß nicht, wieviel er verstand.

Nach einer Weile schaute er langsam zum Kopf der Laterne hoch, unter der wir stehengeblieben waren.

Ich folgte seinem Blick und sah, daß sechs oder sieben Nachtfalter um den Laternenkopf tanzten. Dabei hatte ich das Gefühl, daß die Falter das Licht in der Laterne wie verrückt liebten, daß sie es deshalb so sehnsuchtsvoll und selbstvergessen umflatterten.

„Was für die Falter das Licht dieser Laterne ist, ist für mich Amorien."

Mein Begleiter nickte ganz leicht mit dem Kopf, ohne den Blick von der Laterne zu nehmen. Einen Moment erschien es mir, als habe er mich verstanden.

Schließlich gab er mir die Hand und sagte: „Ich werde mir das alles durch den Kopf gehen lassen."

„Laß es dir lieber durchs Herz gehen", rief ich ihm nach, „sonst geht es dir verloren."

Das kleine, bunte Tier

Ich stand noch eine gute Zeit unter der Laterne und schaute den verliebten Nachtfaltern bei ihrem unermüdlichen Tanz um das Licht zu. Dabei kam es mir so vor, als zögen sie die Energie für ihr stetes Umkreisen des Laternenkopfes direkt aus seinem Leuchten, das für sie so etwas wie ein Gott sein mußte. Und ich war ein bißchen traurig, daß es so wenige Menschen gibt, die etwas mit einer solchen Hingabe und Verzückung zu lieben verstehen wie die Falter dieses Straßenlicht.
Als ich mich schließlich satt gesehen hatte und mein Blick zufällig auf den Gehweg unter meinen Füßen fiel, sah ich dort, nicht weit von meinem rechten Schuh, ein kleines, buntes Tier sitzen, von jener Art, die es nur in Amorien gibt, und mein Herz öffnete sich im Nu ganz weit vor maßloser Freude und Überraschung.
Dieses Tier zu meinen Füßen hatte eine so unbeschreibliche Schönheit und faszinierende Ausstrahlung, daß ich mich – ohne zu überlegen –

bückte, um es aus der Nähe zu betrachten. Doch als ich langsam, um es nicht zu erschrecken, in die Knie ging, wurde es plötzlich ganz blaß und farblos, als wollte es mir sagen: Bitte komm' nicht näher heran.

Ich richtete mich erschreckt sofort wieder auf, und da hatte es seinen märchenhaften Glanz und alle seine strahlenden Farben wieder.

Und dann kam mir ein seltsamer Gedanke in den Sinn, vielleicht, weil ich so lange mit einem Zweifler geredet hatte. Ich dachte: Dieses kleine, bunte Tier dort unten vor meinen Schuhen ist nichts als der Nachschein der Straßenlaterne in meinen Augen, nichts als eine phantastische Sinnestäuschung. Bei diesem Gedanken wurde das kleine Tier plötzlich zu einem nichtssagenden Farbklecks auf dem Asphalt – und ich erschrak über die Auswirkungen meiner Zweifel.

Das kleine, bunte Tier kam wieder, als ich wieder zu ihm kam, als ich wieder an die Wirklichkeit seines Daseins glaubte. Es schien mir fast so, als lebte es, als leuchtete es in der Bestrahlung meines Glaubens. Seine Farben wurden noch strahlender, und es wuchs, ja, es wurde fast so groß wie mein Schuh.

Wie soll ich es beschreiben, dieses Zauberwesen aus Licht und Farben? Nichts auf dieser Welt ist ihm ähnlich, nichts könnte ich mit ihm vergleichen.

Ich schaute es lange an, ohne mich zu bewegen, fast ohne zu atmen. Ich war gebannt von diesem Besucher aus einer anderen Welt, der sich mir so zutraulich zu Füßen begeben hatte.

Einmal nur hatte ich in Amorien so ein kleines, buntes Tier gesehen, aber nur aus einiger Entfernung. Als ich näher kommen wollte, war es plötzlich verschwunden.

„Sie kommen und gehen, wie es ihnen gefällt", sagte mir Leta, die ich daraufhin gefragt hatte. „Es sind heilige Wesen aus Licht und Farben, und sie zeigen sich uns nur sehr selten", fuhr Leta fort. „Wenn du sie verfolgst, lösen sie sich in Luft auf. Aber wenn sie zu dir kommen, bist du gesegnet auf alle Zeiten."

Diese Worte aus Letas Mund kamen mir wieder in den Sinn, als ich mit dem kleinen, bunten Tier unter der Laterne stand, und sie machten meine Freude noch größer, sofern das überhaupt möglich war.

Und dann, auf dem hohen Gipfel meines Entzükkens, tauchte eine Frage in mir auf, die so sehr nach einer Antwort verlangte, daß ich mit aller Kraft meines Herzens das kleine Tier bat, mir zu zeigen, wer oder was es war. Und im nächsten Augenblick verwandelte sich seine Form zu der einer wunderbar gewundenen Muschel – und ich fühlte, es wollte mir damit sagen, daß sein wahres Wesen von der Muschelschale seiner Erscheinung umschlossen bleiben mußte, weil meine Augen seinem Anblick nicht gewachsen waren.

Und wie um mir zu bestätigen, daß ich es richtig verstanden hatte, verwandelte es sich wieder in seine ursprüngliche Form zurück, die im Grunde gar keine Form war, sondern ein farbenfrohes Pulsieren, ein beständiges Fließen von Licht, dessen Schönheit mit keinem Wort unserer Sprache anzudeuten ist. Es ist auch unmöglich, mit einem Bild oder einer Zeichnung eine Ahnung von seinem Aussehen zu vermitteln. Und wenn ich einen Fotoapparat bei mir gehabt hätte, wäre ich in meiner überwältigenden Freude gar nicht auf die Idee gekommen, es zu fotografieren. Und wenn ich es versucht hätte, bin ich sicher, daß sich das kleine, bunte Tier beim Anblick der Kamera in Luft aufgelöst hätte.

Ich habe bislang nur wenigen Menschen von meiner Begegnung mit dem kleinen, bunten Tier erzählt, weil ich mir darüber klar war, daß man mir ohnehin nicht glauben würde. Ich habe nur solchen Menschen davon erzählt, die mit dem Herzen zuhören können, und davon kenne ich leider nur ein paar, obwohl ich jede Menge Bekannte habe.

Wenn ich nun in diesem Buch in aller Öffentlichkeit von meinem nächtlichen Erlebnis mit dem kleinen, bunten Tier erzähle, ist mir schon klar, daß viele Leser diese Begegnung für frei erfunden halten werden. Das ist zu schön, um wahr zu sein, werden sie vielleicht sagen und den Kopf schütteln. Es ist halt nur ein Märchen, werden andere denken, selbst wenn ich hundertmal beteuere, daß alles genauso geschehen ist, wie ich es hier aufgeschrieben habe.

Es ist auch im Grunde gar nicht so wichtig, ob man mir die Geschichte mit dem kleinen, bunten Tier glaubt oder nicht. Viel wichtiger ist es mir, daß dadurch alle, die wie ich das Glück hatten, einmal so einem zauberhaften Geschöpf begegnet zu sein, die Zweifel an ihren eigenen Augen verlieren – denn was nur einer sieht und kein anderer, das ist vielleicht gar nicht wirklich so gewesen; vielleicht war es nur eine Sinnestäuschung, ein Hirn- oder Herzgespinst, eine Einbildung oder was auch immer. Wenn man es jemandem erzählt, lacht er vielleicht und denkt sich seinen Teil. Besser, man behält es für sich. Ja, wahrscheinlich hat man sich getäuscht, und nach und nach vergißt man alles, bis es schließlich so ist, als wäre es nie gewesen.

Ich habe schon immer meinen eigenen Augen mehr geglaubt als dem, was die anderen sagten. Und wenn ich Dinge sah, die sie nicht sahen, und ich erzählte ihnen davon, hatte ich öfter das Gefühl, daß sie mir nicht glaubten und mich nur aus Freundlichkeit nicht auslachten. Aber ich habe mich dadurch nie irreführen lassen. Denn ich habe daran geglaubt, was ich gesehen und erlebt habe,

weil ich mir sagte: Wenn man nicht darauf ver-
traut, was man mit eigenen Augen sieht und mit
eigenem Herzen erlebt, woran soll man sonst
glauben?

Wenn ich mir nicht von Anfang an auf diese Weise treu gewesen wäre, hätte ich sicherlich nie das
kleine, bunte Tier gesehen. Vielleicht hätte ich
mir dann auch meinen Teil gedacht, wenn jemand
anders mir davon erzählt hätte, und ihn nur aus
Freundlichkeit nicht ausgelacht.

Leckomio

Als ich nach der Begegnung mit dem kleinen, bunten Tier schließlich im Bett lag und die Augen schloß, versank ich fast augenblicklich in einen wunderbaren, tiefen Schlaf.

Einer meiner Träume führte mich nach Amorien. Ich träume mich oft nach Amorien, im Schlaf wie auch im Wachen.

In der Nähe des Rathauses begegnete ich Leckomio, dem Clown. Er freute sich sehr, mich zu sehen, und wir gingen gemeinsam zum Ufer des Bolan. Ich setzte mich hin und genoß die warmen Sonnenstrahlen auf meiner Haut, während Leckomio flache Kieselsteine auf der Wasseroberfläche springen ließ.

Leckomio hätte eigentlich Arzt werden sollen, so hatte sein Vater es sich jedenfalls gedacht. Sein Vater ist nämlich der Arzt von Amorien, und Väter haben es oft an sich, ihren Beruf gerne an ihre Söhne weiterzugeben – selbst in Amorien.

„Schau mal", hatte der Vater gesagt, „bei uns im

Tal wird kaum jemand einmal krank, und wenn, dann hat er nur einen Schnupfen oder sonstwas Ungefährliches, das sowieso von selber weggeht. Als Arzt hat man hier herzlich wenig zu tun, und trotzdem sind alle Leute froh, daß es einen gibt. Es ist ein idealer Beruf, und man hat viel Zeit für sich selbst. Wirklich, es gibt keinen besseren Beruf."

„Für mich schon", hatte Leckomio versetzt und sich auf den Kopf gestellt. Dann hat er so lustig mit seinen Zehen gewackelt, daß seine Mutter laut lachen mußte.

„Du lachst auch noch über seine Tollereien", sagte der Vater etwas vorwurfsvoll. „Damit bestätigst du ihn nur in seiner Quatschmacherei!"

„Der braucht keine Bestätigung. Er macht es ohnehin. Er ist halt ein geborener Clown", antwortete die Mutter. Und natürlich hatte sie recht.

Für Leckomio gibt es nichts Schöneres, als andere zum Lachen zu bringen. Wenn er irgendwo ein Gesicht entdeckt, das ihm zu ernst vorkommt, juckt es ihn förmlich im Herzen, und er gibt nicht eher Ruhe, bis alle Ernsthaftigkeit daraus verschwunden ist.

Ich war schon oft dabei und bin trotzdem immer aufs neue erstaunt, mit welcher Unfehlbarkeit Leckomio die Leute so behandelt, daß sie nicht umhin können, über seine Reden, seine Possen und Grimassen zu lachen.

„Jetzt bin ich doch ein Arzt geworden", sagte er zu

mir, „aber nicht so, wie Vater es sich gedacht hat.
Der geht zu den Leuten, wenn sie krank sind. Ich
gehe zu den Leuten, damit sie gesund bleiben –
denn allzuviel Ernst macht krank. Ich bringe sie
zum Lachen, wenn sie vergessen, daß unser Leben
ein unglaublicher Spaß ist, ein so umwerfender
Witz, daß man aus dem Lachen gar nicht mehr
rauskäme, wenn der Bauch das aushalten würde.
Ich erinnere die Leute nur daran, wenn sie es vergessen haben, wenn sie sich und ihre Angelegenheiten zu ernst nehmen und auszusehen anfangen
wie Frösche im Smoking. Dann halte ich ihnen so
lange meinen Spiegel vor, bis ihnen die Augen
aufgehen und sie über ihren eigenen Anblick lachen müssen. Das ist meine Behandlungsmetho-
de."

„Dann bist du ein größerer Arzt als dein Vater",
sagte ich zu Leckomio.

„Nur habe ich genauso wenig wie er zu tun, denn
hier in Amorien ist ja kaum jemand ernsthaft. Das
ist das einzige, was mich manchmal ein bißchen
traurig macht. Die Leute lachen schon, wenn sie
mich von weitem sehen. Ich komme gar nicht dazu, meine ganzen Künste zu entfalten."

Er bückte sich nach einem Kieselstein und ließ ihn
fast bis ans andere Bolanufer hüpfen.

„Ich kenne eine Welt, wo du alle Hände voll zu tun
hättest", sagte ich zu ihm.

Er schaute mich überrascht mit großen Augen an.

„Dann zeig mir den Weg. Sofort!"

Da hatte ich was gesagt!

„Hmmm", machte ich.

„Los, sag's mir. Oder weißt du's nicht?"

Während Leckomio mich mit gespannter Miene ansah, gingen mir verschiedene Gedanken gleichzeitig durch den Sinn.

Zum einen wurde mir bewußt, daß ich träumte. Das passiert mir übrigens öfter. Ich träume und weiß, daß ich träume. So was ist sehr beruhigend und auch praktisch, denn wenn mir der Traum nicht mehr behagt, ziehe ich mich einfach daraus zurück – wie aus einem Kino, wenn ich den Film nicht mag. Ich wache dann einfach auf.

Zum anderen hatte ich Leckomio neugierig gemacht, und nun wäre es gemein gewesen, ihm nicht die Welt zu zeigen, von der ich erzählt hatte. Aber wie sollte ich ihm den Weg dorthin weisen? Es mußte einen Weg geben, das hatte Niras plötzliches Auftauchen bei Beatrices Geburtstagsfest bewiesen, ebenso wie meine Begegnung mit dem kleinen, bunten Tier.

Leckomio wurde allmählich ungeduldig.

„Na, was ist?" fragte er. „Geht es – oder geht es nicht?"

„Es geht bestimmt", antwortete ich, „aber ich weiß nicht, wie."

Jo

Während ich immer tiefer in meine Überlegungen versank, wie ich Leckomio den Wunsch erfüllen konnte, den ich in ihm erweckt hatte, kam Jo zu uns ans Ufer spaziert und lachte uns aus ihren lieben Augen und über beide Wangen an.

Es machte klingeling bei jedem ihrer Schritte, denn Jo hat ein kleines, blaues Glöckchen an ihrem rechten Schuh. Sie trägt diese Glocke schon, solange ich zurückdenken kann.

Jo hat sich einmal in eine wunderhübsche, kleine Glockenblume in ihrem Garten verliebt, und weil sie sie so lieb hatte, hat sie sich jeden Tag eine Weile mit ihr in Gedanken unterhalten. Da ihre Zuneigung zu dieser Blume größer und größer wurde, machte sie der Gedanke, daß sie eines Tages verwelken würde, immer trauriger – denn selbst in Amorien müssen Blumen verwelken.

Einmal, als sie wieder bei der Blume in ihrem Garten saß und zärtlich mit ihr Zwiesprache hielt, fiel eine Träne aus Jos Auge genau in den Kelch der

Glockenblume – und im Nu verwandelte sich der Kelch in ein kleines, blaues Glöckchen. Und während Jo noch alle Augen voll zu tun hatte, das Wunder zu verstehen, das eben geschehen war, kam ein sanfter Wind auf, und der ließ das Glöckchen auf ganz anmutige, zarte Weise klingen. Dabei war es Jo, als sagte das Klingen der Glocke zu ihr: Jetzt werde ich nie verwelken und kann immer bei dir sein.

Und schon fiel sie vom Blütenstengel ab – genau auf Jos rechten Schuh. Und dort ist sie seitdem auch geblieben.

„Was macht ihr für ernste Gesichter?" fragte Jo und setzte sich zu uns.

„Wir haben ein Problem", erklärte ich.

Jo lachte.

„Ein Problem? Bei diesem Wetter? Bei diesem Himmel?"

Jo streckte den rechten Arm zum Himmel hoch. Es war ein herrlich blauer Himmel über uns. Über den Baumkronen des Parks schwebten vielleicht ein Dutzend Liebespaare, und die Sonne strahlte ihre ganze Heiterkeit und Güte auf Amorien hinunter.

Jo hatte recht. Dieser Tag war viel zu schön, um ihn mit dem Wälzen von Problemen zu entweihen.

Leckomio schien jedoch anderer Ansicht zu sein.

„Weißt du", sagte er zu Jo, „er hat mir von einer

Welt erzählt, in der ich meine ganzen Clownkünste entfalten könnte – und nun kann er mir nicht den Weg dorthin zeigen."

Jo schaute mich erstaunt an.

„Wenn das so schwierig ist, warum nimmst du Leckomio nicht einfach mit, wenn du wieder mal in diese Welt reist? Oder dauert das noch lange?!"

„Nein", sagte ich und erklärte den beiden, daß ich mich zur Zeit in einem Traum befand, aus dem ich zwangsläufig bald wieder aufwachen würde – und zwar in jener Welt, von der ich Leckomio erzählt hatte.

„Dann ist ja euer Problem gelöst", rief Jo freudestrahlend. „Du wachst einfach zusammen mit Leckomio in dieser Welt auf!"

Leckomio klatschte vor Begeisterung in die Hände.

„Das klingt gut", sagte ich, „aber ob es auch klappt?"

„Es wird schon klappen. Ihr müßt euch nur an den Händen halten, damit ihr euch unterwegs nicht verliert."

Leckomio nahm meine Hände und drückte sie leicht. „Wann kann es losgehen?" fragte er.

„Wann du willst", sagte ich.

„Jetzt!" flüsterte er.

Und im nächsten Augenblick saß Jo allein am Ufer des Bolan.

Eine seltsame Welt

Jo hatte uns den richtigen Rat gegeben. Als ich aus meinem Traum erwachte, lag Leckomio neben mir im Bett und jauchzte laut auf.

„Toll!" rief er, ließ meine Hände los und stellte sich auf den Kopf. „Jetzt bin ich in deiner Welt! Wie heißt sie eigentlich?"

„Erde", sagte ich und mußte gähnen.

„Komm!" rief er unternehmungslustig. „Laß uns losgehen! Ich will die Leute kennenlernen, die hier leben."

„Du, Leckomio", sagte ich und gähnte ein zweites Mal. „Es ist noch dunkel draußen, die Leute schlafen alle noch. Sie stehen erst auf, wenn es hell wird, und solange können wir getrost im Bett bleiben."

„Dauert es noch lange, bis es hell wird?" fragte er.

„Nicht mehr lange", gähnte ich und war im nächsten Moment schon wieder eingeschlafen.

Als ich aufwachte, schien die Sonne durch die Vorhänge ins Schlafzimmer herein.

Leckomio lag neben mir und schlief. Bestimmt hatte ich ihn mit meiner Müdigkeit angesteckt. Ich schaute in sein liebes, lustiges Gesicht mit seiner schwarzen Lockenpracht, und mir wurde etwas mulmig bei dem Gedanken, Leckomio die Leute dieser Welt zu zeigen. Andererseits war ich neugierig, wie er wohl auf sie reagierte, wobei ich mir vorstellen konnte, daß er nicht gerade in Begeisterungsstürme ausbrechen würde.

Ich hatte ihn wohl zu lange angeschaut, denn auf einmal öffnete er seine Augen, lächelte und murmelte mit weicher, noch ganz schläfriger Stimme:

„Hallo ... oh, ich bin wohl eingeschlafen. Du hast ein bequemes Bett."

„Hallo, Leckomio. Ich habe dich angeschaut und nachgedacht."

„Ich wache immer auf, wenn man mich anschaut. Sag, worüber hast du nachgedacht?"

„Ob es gut ist, daß ich dir die Menschen der Erde zeige."

„Du hast es versprochen", sagte er und sah mich vorwurfsvoll an.

„Ja sicher, keine Angst", beruhigte ich ihn. „Ich fürchte nur, sie werden dir nicht sonderlich gefallen. Sie sind oft sehr seltsam, nicht alle, aber doch recht viele."

„Seltsam?" fragte er.

„Na ja, sie sind jedenfalls ganz anders als die Leute von Amorien."

„Ist doch gut", sagte er und lächelte, „deshalb bin ich doch hier, um mal andere Leute kennenzulernen. Komm, laß uns gehen."

„Und wohin?" fragte ich.

„Dahin, wo die meisten Menschen sind."

„Das ist in der Fußgängerzone."

„Wo?"

Natürlich konnte Leckomio nicht verstehen, was mit Fußgängerzone gemeint war, da in Amorien alle Leute zu Fuß gehen – von den fliegenden Liebenden einmal abgesehen, und von Nala natürlich auch, der – wie man weiß – auch von ganz allein schweben kann, vielleicht, weil er sich selber so sehr liebt. Ich erklärte Leckomio, so gut ich konnte, daß die Menschen bei uns sich nicht nur auf ihren Beinen vorwärtsbewegen, beschrieb ihm Aussehen und Sinn von Fahrrädern, Mopeds, Autos, Bussen und Straßenbahnen.

„Eine Fußgängerzone ist eine Reihe von Straßen, in denen man nur zu Fuß gehen darf", sagte ich.

„Dort sind die meisten Menschen."

Leckomio schüttelte verständnislos den Kopf.

„Warum gerade dort?"

„Weil dort die meisten Geschäfte und Kaufhäuser sind. Dort besorgen sich die Leute alles, was sie brauchen, was sie begehren und besitzen möchten."

„Oh!" rief Leckomio. „Jetzt verstehe ich. Dort erfüllen sich ihre Wünsche."

77

„Zumindest die, die sich mit Geld erfüllen lassen."

„Geld?"

Und wieder mußte ich, so gut wie möglich, die Bedeutung des Wortes Geld in die amorische Sprache übersetzen, denn die Amorier leben in einer Welt ohne Geld. Und es ist furchtbar schwierig, jemandem den Sinn von Geld zu erklären, der noch nie damit zu tun gehabt hat.

„Das scheint mir wirklich eine seltsame Welt zu sein", murmelte er und schüttelte seinen dunklen Wuschelkopf.

„Jetzt haben wir aber genug geredet", entschied er, stand auf und klatschte in die Hände. „Laß uns losziehen! Ich will jetzt die Leute dieser seltsamen Welt sehen, ich will sie spüren. Und ich will sie zum Lachen bringen!"

In der Fußgängerzone

Ich hatte Glück und fand gleich in der Nähe der Fußgängerzone einen Parkplatz.

Während unserer Fahrt in die Innenstadt war Lekkomios Gesicht länger und länger geworden.

Ab und zu hatte er Fragen gestellt, die ich oft nur mit einem Schulterzucken beantworten konnte, weil es zu schwierig gewesen wäre, ihm alles genau zu erklären.

„Warum baut ihr so hohe Häuser? Und warum sind sie so häßlich? Warum riecht die Luft so schlecht? Und warum gibt es hier keine Schmetterlinge?"

„Ich habe dich gewarnt", sagte ich, „es ist eine sonderbare Welt. Wenn du magst, fahren wir wieder in meine Wohnung zurück, legen uns schlafen, und ich träum' dich zurück nach Amorien."

Leckomio schüttelte energisch den Kopf.

„Nein! Erst will ich die Menschen hier genauer sehen und fühlen. In deiner komischen Sausekiste geht mir das alles viel zu schnell."

„Wie du willst. Dann laß uns jetzt aussteigen. Die Fußgängerzone ist gleich in der Nähe."

Als wir nebeneinander an einer Fußgängerampel warteten, fiel mir Leckomios Vorsatz ein, die Leute hier zum Lachen zu bringen.

„Sag, Leckomio, wie willst du die Menschen zum Lachen bringen, wenn du ihre Sprache nicht verstehst?"

Er lächelte und sagte: „Es gibt so viele Sprachen. Die Sprache des Körpers, die Sprache der Gesichter, die Sprache der Augen. Und die Sprache des Herzens. Irgendeine werden sie schon verstehen."

Die Ampel sprang auf Grün. Wir überquerten die Straße.

„Hier beginnt die Fußgängerzone", erklärte ich.

„Und wenn die Leute hier keine von allen Sprachen verstehen, mit denen du sie ansprichst?"

Leckomio verzog seinen Mund, als hätte er auf eine Zitrone gebissen.

„Du machst mich noch ganz krank mit deinen Bedenken. Laß mich doch mal selbst sehen, was hier los ist. Ja, laß mich eine Weile allein gehen, das ist besser. Wir treffen uns dann wieder hier an dieser Stelle."

„Ich laß dich nicht gern allein losgehen", sagte ich.

Leckomio lachte. „Ach was, mach dir keine Sorgen. Leckomio findet sich schon zurecht."

Nach einigem Hin und Her willigte ich ein, nahm mir aber vor, meinen Gast aus Amorien heimlich im Auge zu behalten.

„Und wann treffen wir uns wieder hier?"

Leckomio schaute zum Himmel hoch.

„Wenn die Sonne hinter diesem häßlichen, hohen Haus hervorkommt, bin ich wieder zurück."

„Paß auf dich auf!" rief ich ihm hinterher.

Dann heftete ich meinen Blick an seine Gestalt, was nicht schwerfiel, denn seine Kleidung hob ihn mit ihrer Farbenfreude deutlich aus den Fußgängermassen heraus, durch die er sich einen Weg bahnte.

Ich folgte ihm – wie die Detektive in Kriminalfilmen – möglichst unauffällig in einer gewissen Entfernung, weil ich vermeiden wollte, daß er mich bemerkte.

Vielleicht hatte ich einen Moment lang nicht gut genug aufgepaßt. Vielleicht hatte er mich auch gesehen und sich mit ein paar schnellen Schritten von meinen heimlichen Blicken abgeschüttelt. Jedenfalls war er plötzlich nicht mehr da.

Ich vergaß alle Zurückhaltung und rannte zu der Stelle, wo ich seine bunten Kleider zuletzt aufleuchten gesehen hatte, suchte ihn in allen Geschäften, die dort waren, fragte Verkäuferinnen nach ihm. Ohne Erfolg. Niemand schien ihn gesehen zu haben. Ich spürte mein Herz im Hals pochen bei dem Gedanken, was Leckomio alles passieren konnte. So, wie er aussah, mußte er große Aufmerksamkeit auf sich ziehen. Seine exotischen Kleidungsstücke, seine beschwingte Art zu gehen, sein weit offenes Gesicht und diese Augen, denen man ansah, daß der, der durch sie schaute, in einer anderen Welt lebte.

Vielleicht würde man sich über ihn lustig machen und ihm gedankenlose Worte hinterherwerfen, die sein argloses Herz verletzen könnten. Wenn er dann zu allem Überfluß auch noch versuchen würde, die Leute zum Lachen zu bringen, lief er Gefahr, sich allen Gemeinheiten auszusetzen, zu denen schlechtgelaunte Leute fähig waren. Und die meisten Leute in der Einkaufszone sahen wieder mal schlechtgelaunt aus.

Und – bei Leckomio wußte man nie. Er war imstande, einem Fremden einen Kuß zu geben. Vielleicht fing er sich dabei eine Ohrfeige ein. Vielleicht nahm er in einem Kaufhaus einfach etwas mit, was ihm gefiel, und wurde als Ladendieb verhaftet. Womöglich zog er sich auf offener Straße seine Kleider aus, um sie einem Bettler zu schenken und sich anschließend splitternackt auf den Kopf zu stellen und umwerfend komisch mit den Zehen zu wackeln, bis die Polizei kam und ihn als Sittenstrolch abführte.

Je mehr ich mir ausmalte, was alles geschehen konnte, desto mulmiger wurde es mir im Bauch. Ich suchte und suchte – aber von Leckomio keine

Spur. Vielleicht war er in eins der großen Kaufhäuser geraten und stand fassungslos vor dem
Riesenangebot von Waren. Ich begann mich zu
fühlen wie jemand, der die berühmte Stecknadel
im Heuhaufen sucht.

Schließlich gab ich meine Suche auf und versuchte
mich mit dem Gedanken zu beruhigen, daß die
Leute ihn bestimmt für einen Sonderling oder
einen Künstler hielten. Es gab ja immer wieder
Menschen, die es liebten, sich in bunten, ausgefal-
lenen Kleidern zu zeigen.

Aber seine Augen – seine lieben, frohen und so
ungeschützten Augen! Die Leute schauen ohnehin nicht in seine Augen, sagte ich mir. Vielleicht
haben sie sogar ein bißchen Angst vor ihm, redete
ich mir ein, weil er so ausgefallen aussieht, und
wagen es nicht, ihn genauer anzusehen. Ihm wird
schon nichts passieren. Es wird schon gutgehen!

Mit solchen Gedanken ging ich zurück zu der Stelle, wo ich mich von Leckomio getrennt hatte, und
wartete darauf, daß die Sonne über das Bankhoch-
haus steigen und mich von meinen Befürchtungen
erlösen würde.

Nach einer Ewigkeit, die auf der Uhr vielleicht nur
eine Stunde gedauert haben mochte, stieg die Sonne über das Hochhausdach und blendete mir so
sehr die Augen, daß ich sie einen Moment lang
schließen mußte.

Als ich sie wieder öffnete und mich zur Seite drehte, kam Leckomio auf mich zu. Allein, ohne Polizei, mit allen seinen Kleidern und unverletzt. Mir fiel ein ganzer Steinbruch vom Herzen.

„Leckomio! Gott sei Dank!" rief ich und lief ihm entgegen.

Er ging mit schweren Schritten und hängendem Kopf auf mich zu. Er sah furchtbar traurig aus. Ich hätte nie gedacht, daß er überhaupt so traurig aussehen könnte.

„Bin ich froh, daß dir nichts passiert ist."

Als ich ihn umarmte, fiel mir eine Träne aus seinen Augen aufs Kinn.

„Leckomio, was ist passiert? Hat man dir weh getan?"

Er schüttelte ganz leicht den Kopf und löste sich aus meinen Armen.

Dann schaute er mich an, und seine weinenden Augen waren so unermeßlich traurig, daß mir die Knie weich wurden.

„Laß uns zurückgehen", flüsterte er.

Wichtige Fragen

Auf dem Weg zum Auto und während der ganzen Rückfahrt zu meiner Wohnung sagte Leckomio kein einziges Wort, und ich stellte ihm auch keine Fragen. Er mußte bei seinem Gang durch die Einkaufsstraßen Erlebnisse gehabt haben, die ihn sehr erschüttert hatten.

Er saß neben mir im Beifahrersitz und hielt die Augen geschlossen, als wollte er nichts mehr von der Welt sehen, auf die er so neugierig gewesen war. Ich war froh, daß er nicht mehr weinte.

Zu Hause machte ich uns einen Tee und freute mich, als ich merkte, wie Leckomios Traurigkeit nach und nach von ihm abfiel.

Als er seinen Tee getrunken hatte, holte er tief Luft und schaute mich lange an. In seinen Augen standen Fragen geschrieben, wichtige Fragen.

Aber es dauerte noch eine ganze Weile, bis er sagte: „Ist aus deiner Welt das Glück fortgegangen?"

„Vielleicht ist es noch nie dagewesen", antwortete ich.

Leckomio schaute mich verwundert an.

„Aber – warum ladet ihr es nicht zum Kommen und Bleiben ein? Warum schafft ihr ihm nicht eine Heimat auf eurer Welt?"

„Ich glaube, es ist schon oft versucht worden, von vielen Menschen und auf vielerlei Arten, aber geklappt hat es noch nie, soweit ich weiß", sagte ich.

„Vielleicht liegt das daran, daß sehr, sehr viele Menschen auf dieser Welt leben, und die einen haben eine andere Vorstellung vom Glück als die anderen."

„Wieso?" fragte Leckomio mit verständnisloser Miene. „Es gibt doch nur ein Glück."

„Ja, in Amorien", versetzte ich, „aber nicht in dieser Welt. Die Menschen hier sind anders als die Amorier. Was für die einen Glück bedeutet, ist für die anderen womöglich sogar ein Unglück."

„O je", sagte Leckomio und schüttelte den Kopf. „Du hattest recht – es ist eine seltsame Welt, in der du lebst."

Jetzt wollte ich wissen, warum er mit Tränen in den Augen aus der Fußgängerzone zurückgekehrt war.

„Was ich gesehen und gefühlt habe, war so unendlich trostlos", sagte er, „daß mir das Herz so schwer wurde wie nie zuvor. Ich fragte mich wieder und wieder, was hier mit den Menschen los ist. Die allermeisten sind so furchtbar ernst, und ihre Gesichter sehen so aus, als hätten sie gerade eine

Kröte verschluckt. Sie haben Mauern vor ihren Augen, Gitter um ihre Herzen und keine Musik in den Knochen. Schau dir nur an, wie sie gehen – so steif und schnurstracks geradeaus, als hätten sie Angst, von ihrem Weg abzukommen. Dabei weiß doch jedes Kind: Wer Angst hat, seinen Weg zu verlieren, hat sich längst verirrt."

„Sah denn alles wirklich so schlimm aus?" fragte ich.

„Einmal hab' ich ein Mädchen gesehen, das hat ihren Liebsten immer wieder ins Gesicht geküßt – aber niemand hat sich darüber gefreut außer mir. Und ab und zu entdeckte ich ein Lächeln oder ein Lachen auf einem Gesicht – aber nur selten. Warum so selten?"

Ich schwieg, obwohl ich meinem Gast aus Amorien viel über die Menschen der Erde hätte erzählen können. Schließlich lebte ich schon gut dreißig Jahre unter ihnen. Aber all mein Wissen, all meine Erfahrungen und Einsichten kamen mir in diesem Augenblick ganz unwichtig und nichtssagend vor.

„Ich bin gekommen", sagte Leckomio nach einer Weile, „um die Leute deiner Welt zum Lachen zu bringen. Aber sie haben mich zum Weinen gebracht. Ein schöner Clown bin ich!"

„Es war einfach zuviel für dich."

Er nickte.

„Zuviel – ja. Und zu viele. Zu viele Kranke und zu

wenig Ärzte. Zuviel Ernst – und zuwenig Clowns… Ein paar Musikanten habe ich gesehen. Sie spielten auf ihren Instrumenten, und viele Leute standen im Halbkreis um sie herum. Sie spielten, aber sie wußten nicht einmal, was Musik ist. Wenn nicht einmal eure Musikanten den Geist der Musik verstehen …"

Leckomio schüttelte mit hilfloser Miene seinen Kopf. Ich hatte ihn nie zuvor so oft seinen Kopf schütteln sehen.

„In deiner Welt", fuhr er fort, „brennt es an allen Ecken und Enden. Es wären viele – sehr, sehr viele Leckomios nötig, um alle Brände zu löschen. Ich allein bin nur ein Tropfen – nein, eine Träne auf einen heißen Stein."

„Es ist nicht meine Welt, Leckomio", sagte ich. „Ich lebe zwar in ihr, doch ich lasse sie nicht in mir leben. Wenn ich sie in mir leben ließe, würde ich bald krank werden, denn diese Welt ist krank."

„Das Gefühl hatte ich auch", sagte er und nickte bedächtig, „sie ist krank, sehr krank."

Dann schaute er mich mit seinen weichen Augen an.

Fast hätte ich ihm gesagt: Was du gesehen hast, war ja nur die Spitze des Eisbergs. In Wirklichkeit ist alles noch viel schlimmer.

Einen Moment lang war ich versucht, ihm die schrecklichen Wahrheiten dieser Welt zu verraten, ihm von den Greueltaten, die Menschen be-

88

gangen haben und immer wieder begehen, zu erzählen, von den grausamen Kriegen, die sie geführt haben und immer noch führen, von der Gedanken- und Gefühllosigkeit, mit der sie ihre natürliche Umwelt zerstören, von verseuchten Flüssen und sterbenden Bäumen und von den teuflischen Kriegswaffen, die sie erfunden haben und die alles Leben dieser Welt über Nacht vernichten können.

Aber auch nur einen Augenblick lang, denn welchen Sinn hätte es gehabt, Leckomios Herz noch mehr zu erschrecken, als es ohnehin schon war?

Außerdem – wie hätte ich es ihm erklären sollen, denn in der amorischen Sprache gibt es keine Wörter für Krieg und Mord und Grausamkeit. Er hätte mich wahrscheinlich kaum verstanden und wie ein Kind angeschaut, dem man schwierige mathematische Formeln zu erklären versucht.

Also schwieg ich und erwiderte seinen lieben Blick. Eine Zeitlang sprachen wir nur mit den Augen zueinander.

„Eins mußt du mir noch erklären", sagte er schließlich. „Wie kannst du in Amorien leben und zugleich in dieser... dieser kranken Welt?"

Ich zuckte mit den Achseln und mußte unwillkürlich lächeln.

„In diese kranke Welt wurde ich hineingeboren, aber meine wahre Heimat ist Amorien. In dieser Welt muß ich leben, aber in Amorien kann ich lieben. Ich versuche, nur so lange wie nötig in ihr zu sein, damit ich so oft wie möglich nach Amorien gehen kann."

„Dann bist du ein Wanderer zwischen zwei Welten", sagte Leckomio.

Ich nickte.

„Warum kommst du nicht ganz zu uns?" fragte er leise und schaute mich mit seinen Kinderaugen so lieb und einladend an, daß ich Tränen in mir aufsteigen fühlte.

„Eines Tages", hörte ich mich ebenso leise und sanft antworten, „eines Tages werde ich ganz zu euch kommen."

Leckomio lächelte.

„Auf diesen Tag freu ich mich jetzt schon", sagte er, und seine Augen strahlten. „Au ja, das wird ein Fest. Sag, dauert es noch lange?"

„Ich weiß es nicht."

„Toll!" rief Leckomio. „Dann wird es eine Überraschung. Und bis es soweit ist, besuchst du uns recht oft, nicht wahr?"

„So oft wie möglich", versprach ich ihm.

Später unterhielten wir uns noch über alles mögliche, machten zusammen Musik, schwiegen miteinander und vergaßen die Zeit, bis Leckomio zu gähnen anfing und mich damit ansteckte.

Schließlich legten wir uns auf mein Bett, und als ich spürte, daß ich kurz vorm Einschlafen war, nahm ich seine Hände in meine und flüsterte:

„Heute nacht träume ich uns nach Amorien zurück. Ich fühle es ganz genau. Nur weiß ich nie im voraus, wie lang mein Traum sein wird. Deshalb mußt du meine Hände sofort loslassen, wenn wir in Amorien auftauchen, sonst läufst du Gefahr, wieder mit mir in diese Welt zurückzukehren."

„Nein danke", flüsterte Leckomio und drückte meine Hände, „einmal hat mir gereicht."

Und wie ich es vorausgesehen hatte, brachte einer meiner ersten Träume uns gleich nach Amorien, und zwar direkt auf die Brücke, die über den Bolan führt.

„Das hat ja prima geklappt!" rief Leckomio und ließ meine Hände los. „Weißt du, wir haben uns schon manches Mal gewundert, warum du von einem Moment auf den anderen plötzlich da warst und dich irgendwann ebenso schnell und spurlos wieder in Luft aufgelöst hast."

„Sag allen, daß ich eines Tages für immer bleibe." Leckomio blinzelte mir zu.

„Glaub mir", sagte er schmunzelnd, „das wissen sie schon längst."

Seine letzten Worte machten mich so glücklich, daß ich vor lauter Glückseligkeit aufwachte.

Leckomio lag nicht mehr neben mir. Er war in Amorien zurückgeblieben.

Ich hörte, wie draußen auf der Straße ein Auto vorüberfuhr.

In Amorien gibt es keine Autos.

91

„Ach, Leckomio", murmelte ich in mich hinein, „du hast es gut."

„Komm bald wieder", hörte ich seine liebe, lustige Stimme plötzlich ganz tief in mir. „Und warum erzählst du den Leuten deiner Welt nicht von Amorien? Vielleicht hilft es ein bißchen."

Was Bolan sagte

Nachdem ich Leckomios Worte aus der Tiefe meines Herzens gehört hatte, war die Nacht für mich beendet. Ich knipste das Leselicht an und nahm meinen Notizblock und einen Stift aus dem Regal neben dem Bett.

Dann begann ich über Amorien zu schreiben. Ich schrieb die ganze Nacht. Dabei brauchte ich nie länger zu überlegen. Die Worte und Sätze landeten wie von selbst auf dem Papier, als wären meine Gedanken reife Früchte, deren Zeit gekommen war, von ihren Ästen zu fallen.

Nun sind ein paar Wochen vergangen, und ich habe viel von Amorien erzählt, und trotzdem ist mir so, als hätte ich im Grunde nur recht wenig gesagt. Sicherlich würde sich dieses Gefühl auch nicht ändern, wenn ich jetzt noch mehr schreiben würde, denn Worte können von Natur aus keine befriedigende Auskunft über einen Ort geben, wo die Liebe wohnt.

Aber das ist bestimmt kein Grund, traurig zu sein,

denn wer mehr über Amorien wissen will, kann ja selbst dorthingehen.

Der Weg ist einfach zu finden.

Man braucht nur einen ruhigen, schönen Ort, wo niemand einen stört, wo man getrost die Augen schließen und tief in sich hineinlauschen kann – am besten dort, wo das Herz sitzt. Von dort findet jeder früher oder später nach Amorien – auch wenn es vielleicht anders als Amorien heißt und man dort nicht Leckomio und Jo, Karofaro, Nira und Latessa begegnet, sondern Geschöpfen mit anderen Namen und anderen Gesichtern.

Dies ist nämlich eins der größten und schönsten Geheimnisse von Amorien: daß es für jeden Menschen etwas anderes ist, auch wenn es im Grunde immer das gleiche bleibt.

Das hat mir jedenfalls Blume, der Dichter, neulich anvertraut. Und Blume weiß es von Bolan, dem Fluß.

„Und Bolan", sagte Blume zu mir, „Bolan hat sich noch niemals geirrt."

Inhalt

Bücher von Hans Kruppa

»Da spricht einer ganz natürlich von
einem uns heute fast abhandengekommenen
Wort: von Liebe. Er bekennt sich mutig
zum Gefühl und zu den Unwägbarkeiten,
es zu leben.«

Hans Jansen ›Westdeutsche Allgemeine Zeitung‹

Nur für Dich
Gedichte · 128 Seiten · Ln · DM 18,–
Mit neun Grafiken von Ines Schröder

Nur wer sich liebt
Gedichte · 96 Seiten · Ln · DM 18,–
Mit sieben Grafiken von Annette Grüschow

Sei gut zu Dir
Worte und Bilder durchs Jahr
112 Seiten · Ln · DM 18,–
Mit 52 colorierten Bildern von Annette Grüschow

Preisänderungen vorbehalten

Schneekluth